U0788804

國家圖書館藏古籍善本集成　陳紅彦　主編

宋刻本中興以來絶妙詞選

［宋］黄昇　輯

出版說明

文物出版社

出版說明

薩仁高娃

宋黃昇輯。宋淳祐九年（1249年）刻本。四冊。

黃昇，字叔暘，號玉林，又號花庵詞客。史籍無傳，生卒年不詳，約生活於南宗寧宗（1195–1224年）、理宗（1225–1264年）時期，多活動於建安（今福建建甌）、建陽（今福建建陽）、延平（今福建南平）三地。少年有志封侯，早棄科舉，雅意讀書，吟詠自適。黃昇一生著述頗豐，詩詞方面，《宋詩紀事》卷六十九收有黃昇《游金精山》五言古詩一首；其詞明吳訥《唐宋名賢百家詞》、紫芝漫鈔《宋元名家詞》等均有刻錄，稱爲《玉林詞》，毛晋《宋六十名家詞》稱爲《散花庵詞》；詩詞理論方面，黄昇爲同時代魏慶之《詩人玉屑》寫過序，著有《中興詞話》《玉林中興詩話補遺》等，選編《花庵詞選》。

《花庵詞選》二十卷，分兩部分，前十卷爲《唐宋諸賢絶妙詞選》，始于唐李白，終于北宋王昂，收録唐、五代、北宋一百三十四家词人作品五百餘篇；后十卷爲《中興以來絶妙詞選》，選録南宋八十八家詞人詞作七百二十二首，末附黄昇自作詞三十八首。前有淳祐己酉年（1249年）作者《絶

妙詞選》序，稱『長短句始于唐，盛于宋。唐詞具載《花間集》，宋詞多見于曾瑞伯所編。而《複雅》一集，又兼采唐宋，迄于宣和之季，凡四千三百餘首，籲亦備矣。况中興以來，作者繼出，及乎近世，人各有詞，詞各有體，知之而未見，見之而未盡者，不勝算也。暇日裒集得數百家，名之曰《絕妙詞選》。佳詞豈能盡錄，亦嘗鼎一臠而已。』述選編此集之由。摹刻『黃昇』『花庵』『玉林』印。又有淳祐己酉年進士胡德方季直《選詞序》，曰『玉林蚤弃科舉，雅意讀書，間從吟詠自適。閣學受齋游公（游九功）嘗稱其詩爲晴空冰柱，閫帥秋房樓公（樓治）聞其與魏菊莊（魏慶之）爲友，並以泉石清士目之。其人如此，其詞選可知矣。』贊黄昇處世淡泊、詞作清雅之風。摹刻『李德』『柏喦（岩）胡氏』『楷溪後孝』印。正文前爲綱目，列出每卷所收詞人及其詞作數量。卷一收康伯可等南渡以後諸賢人詞九十九首，卷二收劉彥冲等人詞八十六首，卷三收張功甫等人詞七十六首，卷四收吴子和等人詞八十二首，卷五收劉德脩等人詞七十五首，卷六收馬莊父等人詞六十五首，卷七收史邦卿等人詞七十二首，卷八收劉叔安等人詞五十八首，卷九收張宗瑞等詞六十一首，卷

十收劉圻父等人四十八首，末附作者本人詞三十八首。作者本人詞，多附寫作年，以示作者生活時代。所選錄人均附其字號等傳略，極大豐富了宋以來詞作者資料。所錄詞作，部分早已散佚，經此集賴之以存，並於所選詞作間附精當評論，成一家之言，頗有校勘和考證價值。《四庫全書》收入内府藏本，《四庫全書總目提要》謂『去取亦特爲謹嚴，非《草堂詩餘》之類參雜俗格者可比。又每人名之下各注字號里貫，每篇題之下亦間附評語，俱足以資考核。在宋人詞選，要不失爲善本也』。

此書以單行本與合刻本流行。單行者有南宋淳祐九年（1249年）劉誠甫原刻本、民國十三年（1924年）武進陶氏涉園影印本；合刻本有桐源舒伯明於明萬曆二年（1574年）刻本、萬曆四十二年（1614年）據舒氏所刻合刊本、明末毛晉汲古閣據舒氏所刻合刊本。

是本爲傳世最早的南宋淳祐九年（1249年）劉誠甫原刻本。書前作者自序中曰『親友劉誠甫謀栞諸梓，傳之好事者，此意差矣。又錄余舊作數十首附於後，不無珠玉在側之愧，有愛我者，其爲删之』，示此爲劉誠甫刻本。封面題『中興

詞選』，其下爲卷次説明，卷端題『絕妙詞選』，其次行均提『宋詞』；文中時有朱筆圈點，全書刊刻十分考究、周詳，目錄卷次及卷端次行上端均有黑蓋，大字占雙行，下注其人傳略，篇中涉宋帝空一格；每葉書耳刻有本葉所收詞人包括作者本人的姓名，卷六末爲滿葉，無空間顯示本卷次，故白文刻『卷終』，以示此葉后卷六無内容。卷尾有牌記三行：『玉林此編亦姑據家藏文集之所有，朋游聞見之所傳，詞之妙者固不止此。嗣有所得，當續刊之。若其序次亦隨得本之先後，非固爲之高下也。其體制不同，無非英妙杰特之作，觀者其詳之』，摹刻劉氏木印，應爲刊刻者劉誠甫所言。書末有丙辰三月寒雲（袁克文）、戊午上巳三弇姚明圖、己未秋章保世等觀書記。傅增湘《藏園群書經眼録》集部詩餘類中著録，袁克文《宋本提要》及《中國古籍善本書目》集部 21362 條亦有著録。

鈐有『聽雨齋』『三琴趣齋』『侍兒文雲掌記』『乾隆御覽之寶』『天祿琳瑯』『瓶盦』『清華』『澄中』『郇齋』『流水音』『八經閣』『百宋書藏』『祁陽陳澄中藏書記』『臣印克文』『上第二子』『佞宋』『雙玉龕』『惟庚寅吾以降』

『袁鈢克文』『璧珋主人』『豹岑』『梅真侍觀』等諸印，爲天祿琳瑯故物，由袁克文遞藏，后經陳清華郇齋，入藏國家圖書館。

策　　劃：莊喜臣

責任編輯：李緡雲　賈東營
責任印製：張　丽

圖書在版編目（CIP）數據

宋刻本中興以來絶妙詞選 /（宋）黄昇輯. -- 北京：文物出版社，2018.11
（國家圖書館藏古籍善本集成 / 陳紅彦主編）
ISBN 978-7-5010-5629-3

Ⅰ. ①宋… Ⅱ. ①黄… Ⅲ. ①宋詞-選集 Ⅳ. ①I222.844

中國版本圖書館 CIP 數據核字（2018）第 149328 號

國家圖書館藏古籍善本集成
宋刻本中興以來絶妙詞選
［宋］黄昇　輯

出版發行　文物出版社
郵　　編　一〇〇〇〇七
地　　址　北京市東直門内北小街二號樓
網　　址　hppt://www.wenwu.com
郵　　箱　web@wenwu.com
製　　版　常州市彩之源數碼圖像有限公司
印　　刷　常州市金壇古籍印刷廠有限公司
開　　本　十六
版　　次　二〇一八年十一月第一版
　　　　　二〇一八年十一月第一次印刷
書　　號　ISBN 978-7-5010-5629-3
定　　價　三七八〇圓